LA

TRIBU DES GANDINS

ESQUISSE

PARIS

IMPRIMERIE DE L. MARTINET,

RUE MIGNON, 2.

1860

LA

TRIBU DES GANDINS.

LA

TRIBU DES GANDINS

ESQUISSE

PARIS

IMPRIMERIE DE L. MARTINET,

RUE MIGNON, 2.

1860

TRIBU DES GANDINS.

I

Quatre heures trente-cinq !... Venez vite et prenez
Une chaise en ce lieu, que l'on nomme terrasse
Au Cercle ou chez Garen. Si de son cache-nez
Aujourd'hui le soleil enfin se débarrasse,
Un londrès à la bouche, une chope à la main,
Nous pourrons fumer, boire, observer à notre aise,
Et peut-être tirer de ce courant humain
Qui passe devant nous...

        Boum ! une absinthe au treize !...
— Oh ! le treize est joli ! j'en veux faire un portrait.

4.

— Y pensez-vous ?

          — Fort bien. C'est laid, c'est bête, en somme

Ça ne ressemble à rien, mais voici mon attrait :

C'est un type aujourd'hui qui partout nous assomme.

II

— Photographions donc ; au costume d'abord.

— Copié ce matin sur l'image de mode,

Il est de haut en bas, de tribord à babord,

Sans grâce, sans cachet, en revanche incommode :

Chapeau de forme étroit, cône à demi tronqué

A la base duquel un bord microscopique

S'adapte horizontal ; sur le col appliqué

Un ruban maintenant, qui s'y frotte s'y pique,

Un anguleux carcan ; des manches à gigots

Caractérisant l'heure à jamais mémorable

Où l'art de nos tailleurs emprunte aux Deux Magots

D'un fantastique habit la coupe incomparable.

Passons sur le gilet, notons ce pantalon :
Comme il culotterait Pierrot des Funambules,
Et combien gracieux l'escarpin à talon,
Dérobe à ses fourreaux sa rosette à globules !

III

Mon modèle salue ! admirez ses cheveux
En bandeaux séparés, et surtout cette raie
Du beau milieu du front allant, grosse d'aveux,
Au bas de l'occiput qui justement s'effraie
De se voir dégarni, pour fournir deux pinceaux
Vers les tempes marchant plaqués, collés, la pointe
Annexée au sourcil. Par contre les faisceaux
Des favoris touffus, chose qui désappointe,
Obliquent vers le sol, dépassent le menton,
Caché timidement entre ces promontoires
Et couvert tous les jours, pour obéir au ton,
De poudres, de liqueurs, d'onguents épilatoires.

De moustaches jamais !

                — Et le front et les yeux,

Et la bouche et le reste... on n'a pas l'habitude

De passer tout cela.

            — Pourquoi ? Chez nos aïeux

J'ai toujours respecté cette sollicitude.

Ils avaient leur raison, moi je n'en trouve pas.

Stupidement coiffés, vêtus de même sorte,

Rognés pareillement, nos gandins sans appas

N'ont point le moindre trait qui frappe, qui ressorte ;

Je les aurai peints tous, quels que soient leurs efforts

Et quel que soit leur nez, si, pour touche suprême,

Du cadre précédent j'adoucis les tons forts

Et j'orne d'un air froid une face à la crème.

IV

— L'intérieur est-il, au moins, plus attrayant ?

Pour avoir cet aplomb de se tenir en scène

En fort premier sujet, en astre flamboyant,

Quel titre, quel talent, leur servent de Mécène ?

On m'a dit que parfois sous l'absurde enveloppe,

Sous la mine de sots, des hommes se cachaient,

Vivant insoucieux dans un monde interlope,

Mais qu'ils avaient un cœur pour ceux qui le cherchaient ;

Que dans Paris surtout, quoi qu'on fasse et qu'on dise,

Des esprits, bons d'ailleurs, à l'usage reçu,

Fût-il même à leur sens pétri de balourdise,

Un beau jour se trouvaient soumis à leur insu ;

Qu'il ne fallait donc pas, d'après les apparences,

Se prononcer trop tôt et juger sans appel,

Et que, pour d'autres dieux, gardant les révérences,

On devait néanmoins les sauver du scalpel.

— Eh ! croyez-vous qu'ainsi le rouge au front se montre,

Parce qu'un costumier, un coiffeur, deux idiots

Qu'au lieu de leurs produits on devrait mettre en montre,

Ont attelé ces gens à leurs lourds chariots ?

La surface n'est rien, rien, sinon ridicule,

Mais grattez-la de l'ongle, enlevez son vernis,

A sa coque brisée ôtez l'animalcule,

Étalez au grand jour ses instincts racornis ;

Alors vous comprendrez que le blâme sévère

Succède à l'ironie, alors vous frapperez ;

Et, puisque à se montrer le drôle persévère,

Partout à coups de fouet vous le reconduirez.

Tant pis si, par hasard, à lui de crier gare,

Un moins mauvais se trouve à l'oreille attrapé ;

Je m'en soucie autant que d'un bout de cigare :

Dans la proscription il s'est enveloppé.

— Bravo, grand justicier ! Garçon... une canette !...
J'ai soif à votre gorge, arrosez-la.

— Merci.

— Et maintenant voyons comme marionnette
Et plat-gueux ne font qu'un dans cette époque-ci.

V

Rappelez-vous la belle et trop courte soirée

Où, poursuivant un rêve ami de nos vingt ans,

Nous laissions sur la mer doucement éclairée

Se perdre nos regards... cette fois les autans
Retenaient leur haleine...

                         — Une brise légère,
La lune... un goëland, pêcheur silencieux....
La frégate... J'y suis, d'une erreur passagère
Je reconnais les fruits : grâce, malicieux !
— Et vos pleurs, votre trouble et la prière ardente
Qui s'élevait alors de votre jeune cœur,
Hymne d'amour divin, mélodieux andante,
Que les anges là-haut répétèrent en chœur,
Illusions aussi ?

                    — Non pas, et je m'en flatte,
Et toujours à l'aspect de ces grands horizons,
Mon esprit s'élargit, mon âme se dilate,
Et j'admire de Dieu les splendides blasons.
Seulement plus de vers... Mais que fait à la cause,
Je le voudrais savoir, mon apparition ;
Quel prodige soudain, quelle métempsycose
A changé la satire en méditation ?
— Quand l'orgue saint mugit sous les voûtes sacrées ;
Lorsque chante la vierge ou lorsque rit l'enfant ;
Quand la rafale atteint les ondes effarées

Et qu'après, le soleil apparaît triomphant ;

Dans les mornes déserts aux splendides mirages,

Sur les monts de l'Asie aux orgueilleux sommets,

Dans les glaciers perdus semés de pâturages,

Sous la tente où l'Indien garde ses calumets ;

Par une nuit d'été, le ciel rempli d'étoiles,

A l'heure où resplendit le zénith enflammé ;

Ou si le chauve hiver recouvre de ses voiles

La terre frissonnant sous un ciel embrumé ;

Quand de blanches vapeurs s'en vont avec la brise,

Quand le torrent grondeur ou le joyeux ruisseau

Font entendre leurs voix ; quand l'Océan s'irise,

Quand le lion rugit ; quand tremble l'arbrisseau ;

Partout où la nature en sa beauté première

Vous surprend, vous ravit, vous fait courber le front ;

Partout où vous voyez la céleste lumière,

Le gandin, préservant ses yeux d'un tel affront,

Reste en sa majesté, spectateur immobile,

Pensant à sa toilette, à ses petits repas.

Pour le troubler, messire, il faut d'autre mobile :

Le gandin est trop fort, le gandin ne croit pas.

VI

Le tambour bat aux champs, les têtes se découvrent ;
Du piédestal d'airain de notre liberté
Au bronze impérial que les lauriers couvrent,
Un peuple entier s'émeut dans sa noble fierté.
Entre ses rangs pressés, sous les vastes portiques
A la gloire érigés, sous les arceaux de fleurs,
Pendant que les bravos éclatent fanatiques,
Accompagnés parfois d'enthousiastes pleurs ;
Défilent à pas lents d'héroïques phalanges
Entourant leurs drapeaux brûlés, noircis, n'ayant
Celui-ci qu'un morceau, celui-là que des franges,
Cet autre qu'un débris de l'aigle foudroyant.
C'est la France qui passe... Otez donc vos binocles,
Vos carreaux qui vous font affreusement loucher ;
Mes tant jolis messieurs, descendez de vos socles,
Ce n'est pas, croyez-moi, le moment de percher.

Mêlez-vous à la foule, un courant électrique
Pénètre l'ouvrier, l'artiste, le savant ;
Le boutiquier lui-même en devient excentrique,
Et se trouve des sens qu'il n'avait pas avant.
Vous vous échaufferez à ce feu qui circule,
Vos artères auront quelques pulsations,
Peut-être y perdrez-vous un peu de ridicule.
Profitez du moment ; point d'hésitations.
Vous daignez m'honorer d'un dédaigneux sourire...
Pardon, je me trompais, ne vous dérangez pas.
Quel remède inutile allais-je vous prescrire ?
Le gandin est trop fort, le gandin ne sent pas.

VII

— Enfoncé Juvénal ! Mais il n'est pas possible
Que jusqu'à ce degré l'homme soit empaillé,
Qu'au plus brillant éclair il se montre insensible,
Et garde son cerveau triplement verrouillé.

D'ailleurs voyez comment de la belle manière
Dogmatisent sur tout ces bichons odorants ?
— L'Institut au complet et tenant cour plénière
Reculerait devant un de ces ignorants.
Si pour être un nouveau Pic de la Mirandole,
Il était suffisant de parler à l'envers,
De faire de sa peau son culte, son idole,
De prendre un pince-nez pour juger l'univers.
— En ce temps cependant où les fils de famille...
— Halte là ! réservons cette appellation.
Dans l'obscure tribu l'élément qui fourmille
Voudrait en vain tenter une usurpation.
L'oreille passe, hélas ! et personne n'accorde
Un instant de créance aux parchemins douteux
De jeunes décrépits usés jusqu'à la corde,
Au rachis amolli, déjà quasi goutteux.
Qu'ils gardent, les pauvrets, autant qu'on le tolère,
Le droit d'en imposer aux ouvreurs de coupé;
Qu'ils excitent le rire et non pas la colère
En entrant dans le jeu, munis d'un dé pipé.

VIII

Devant Sébastopol c'était dans la tranchée,
C'était naguère encore aux champs de Magenta,
Partout où de l'honneur la cause est attachée ;
Aujourd'hui c'est dans l'Inde, en Chine, au Golgotha,
. C'est parmi les mourants, quand une épidémie
Vient fondre tout à coup, immense châtiment !
Sur l'onde, c'est bravant la fortune ennemie,
Pour donner au commerce un nouvel aliment.
C'est défrichant le sol, se vouant à la science,
A l'étude des lois, des lettres, des beaux-arts,
De son noble devoir ayant la conscience,
Devant à son travail et jamais aux hasards ;
C'est enfin dans les lieux où la vie est honnête,
Où tout est franc, loyal, où l'on aime, où l'on rit,
D'où le vice est chassé, surtout quand il est bête,
D'où par suite et de droit le gandin est proscrit,

Qu'on voit avec orgueil l'élégante jeunesse,
Dont les pères joyeux, souriant au printemps,
Sans crainte abdiqueront. Privilége d'aînesse
Que nos cadets au musc n'auront pas de longtemps,
Eux qui, sortis de souche ou commune ou malsaine,
Savent à peine lire, écrivent en patois,
Jetteraient volontiers l'Océan dans la Seine,
Et sont aussi poltrons que par trop discourtois ;
Eux, les efféminés dont le regard clignote,
Dont le cœur pousse à peine un sang décoloré,
Dont le cerveau jamais ne rêva que cagnote,
Les soldats du refait et du brelan carré.

IX

— J'étais né, je le sens, pour donner la réplique
Et fournir un prétexte aux tirades ; je vais
M'établir confident, pourvu que ma supplique
Arrive au directeur du Théâtre-Français.

2.

En attendant, dussé-je attirer l'avalanche,

Je persiste à trouver vos arrêts rigoureux :

Se peigner, se farder, faire sa patte blanche,

En rouge la ganter, ne peuvent rendre heureux.

A moins d'être crétin, à moins d'être acéphale,

Il faut bien quelquefois avoir un sentiment ;

Et, sans jamais monter Pégase ou Bucéphale,

Chercher à ces bonheurs un petit complément.

J'accorde un point : savoir que parmi vos victimes

Il est peu de savants, de rêveurs, de héros ;

Que, ne leur trouvant pas de valeurs légitimes,

Les plus beaux lauriers pour elles sont zéros ;

Qu'elles n'ont aucun goût pour la métaphysique ;

Que se battre leur semble assez compromettant,

Et que, n'ayant appris ni latin, ni physique,

Au baccalauréat on les voit insultant.

Mais laissons, s'il vous plaît, l'amour des grandes choses

A qui de la nature a reçu ce cadeau

D'aimer à rechercher les effets et les causes.

On naît aigle ou valet, poëte ou faisandeau.

En un seul mot, soyez assez bon pour me dire

Ce qu'ont fait ce matin le treize et ses consorts,

Ce qu'ils feront ce soir ; car pour les interdire,

Il faut que leur procès se perde en tous ressorts.

— Vous le voulez ? alors un deuxième havane,

Une troisième chope.

       — Ils vont nous ruiner ;

Voici l'un, voilà l'autre.

       — Et moi j'ouvre la vanne :

Tant pis pour vos clients, la meule va tourner.

X

Justement à propos mon mannequin s'apprête

A quitter la sellette ; un rapide coup d'œil

Dans la glace, et debout ! Pour lui la table est prête

Chez Bignon, chez Verdier, à moins que, jour de deuil,

Son gousset ne soit veuf d'espèces monnayées,

Auquel cas il ira chercher sa portion

Dans une crémerie où les parts octroyées

Ne seront pour sa faim qu'amère fiction.

Mais, qu'il ait seulement touché d'un bout de lèvre,

En estomac blasé, quelque mets succulent,

Ou qu'un crédit mesquin par trop tôt ne le sèvre

D'un arlequin, ragoût au fumet stimulant.

Pleine d'un vin grand cru qu'il ait vidé la coupe ;

Qu'il ait à son dessert goûté des ananas ;

Dans la jaune faïence qu'il ait mangé la soupe

Et bu du bleu derrière un pan de jaconas ;

Dans une heure il viendra, se curant la mâchoire,

Du faubourg Poissonnière au passage Choiseul,

Étaler sa personne, à la plus grande gloire

Des Sakoski, Renard, Dusautoys et Chevreul.

Et les gens débarqués le matin de province

Diront, en le voyant, mon Dieu ! comme il est beau,

Comme on le sent de loin, comme son genre évince

Nos bourgeoises façons, notre antique jabot.

Et les garçons coiffeurs en brandissant leur peigne,

Et les chefs de rayon, un mètre à chaque main,

Les piqueurs de bottine agitant leur empeigne :

Si nous pouvions, mon Dieu ! nous voir ainsi demain.

XI

Déjà depuis longtemps, grands et petits théâtres
Ont reçu leur public ; de l'orchestre des bals
Une invitation aux quadrilles folâtres
Est partie, et déjà, mélodieux régals,
Dans les cafés-concerts, vin chaud et chansonnettes
Bavaroises, duos et grog américain,
Solos d'ophicléide, accords de clarinettes,
Ont charmé plus d'un Basque et d'un Armoricain.
C'est l'heure du plaisir : ce bon Paris s'amuse,
Et s'amuse beaucoup ; respectons son erreur.
Gandin, mon cher gandin, dites-moi quelle muse
De vous captivera ce soir une faveur ?
La fille aux grands yeux noirs de Sophocle et d'Eschyle,
La musique à la voix douce ainsi que du miel,
La danse aux pieds légers, comme défunt Achille,
La comédie avec son bel esprit sans fiel,

Vous font, ô séducteur, mille coquetteries ;

Et leurs doigts effilés guettent votre mouchoir.

Vous le tirez, c'est bien… Plus de plaisanteries.

Le cas est sérieux ; à qui va-t-il échoir ?

La lune a dérobé de honte son visage ;

L'étoile a tout d'un coup fui dans l'immensité.

Le gaz est vacillant… le belître, l'osage

N'a rien vu que sa botte et s'est épousseté.

XII

Et que lui font de l'art les sublimes prêtresses?

A-t-il jamais compris un mot de leur parler ?

Les prendre seulement une heure pour maîtresses !

Où donc sont les beautés dignes de l'affoler?

Il s'est bien autrefois fourvoyé par mégarde

Dans les temples remplis de leurs adorateurs.

Un souvenir d'ennui, voilà tout ce qu'il garde

De ces excursions, bonnes pour des acteurs.

Il bâillait tandis que déclamait Hermione !

Adalgise et Norma l'ont de suite endormi.

Plaintes de la colombe et cris de la lionne,

Vous cherchiez vainement à toucher notre ami.

— Pardon, si j'interromps cette prosopopée ;

Mais s'il n'a pas d'encens pour Smintheus Apollon,

Je ne suppose pas que son après-soupée

S'écoule tout entière à montrer du galon,

A sauver son vernis de quelque éclaboussure,

A rendre un marmiton jaloux de son bon air,

A garder un faux col, affreuse sertissure,

Vierge du moindre pli, par respect pour sa chair.

N'allez pas, s'il vous plaît, me le perdre de vue ;

Car il peut, à l'abri de vos digressions,

S'éclipser ; en ce cas pour finir la revue

Et ne pas recourir aux suppositions,

Où faudrait-il aller ?

        — Où se rendent ces dames

Dont il s'est déclaré le chevalier.

                — Vraiment ?

Le petit dieu d'amour va donc chanter ses gammes

Et livrer aux zéphyrs son doux gazouillement.

— L'heure est si favorable à la mythologie,

Je vous conseille fort d'esquisser un Watteau ;

La torche de l'Amour s'est changée en bougie,

Sa flèche en pièces d'or et sa conque en tréteau.

— Agréable pour ceux qui possèdent une âme

Aspirant à s'unir avec une âme sœur.

Swedenborg est perdu.

     — Faisons une réclame.

— Quand vous aurez fini ; continuez, censeur.

XIII

— Vous connaissez les lieux où montrer sa semelle

A cinq pieds au-dessus du niveau du plancher

Est le nec-plus-ultra pour une demoiselle,

Le charme qui de tous la fera rechercher,

Surtout si, par bonheur, à ce mérite insigne,

Elle joint une voix de zouave enrhumé,

Ne craint pas une pipe, avale sur un signe :

Bière, champagne, absinthe et pigeon déplumé.

Vous avez pu venir à bout de la cohue

S'y pressant chaque soir, et, debout sur un banc,

Vous avez contemplé cette foule qui hue,

S'agite, danse, boit, fume et se met du blanc.

Dans un pays cité pour sa galanterie,

Sa grâce, son esprit et son urbanité,

Vous avez, tout surpris, sondé la galerie,

Cherchant à lui trouver au moins un bon côté.

Je ne chargerai rien, triste mais véridique,

Voici le résultat de votre inspection :

Suivons, pour abréger, un ordre méthodique,

Et voyons des danseurs l'aimable portion.

Ce sont eux au surplus dont se pare l'affiche,

C'est l'appât tentateur offert à l'affamé ;

De leur bande est sorti plus d'un petit fétiche

Dont le culte au grand jour sans honte est proclamé.

XIV

Aux sons plus tapageurs que remplis d'harmonie,

Prodigués par dix-huit ou vingt musiciens,

Se déhanchent des gens dont la monomanie

A ses règles, ses lois, ses théoriciens.

J'ai déjà dit quelle est la caractéristique

Du talent de la femme à ces jeux innocents.

Il lui faut, en faisant un écart fantastique,

D'un adroit coup de pied décoiffer les passants.

Plus haut va le soulier et plus grande est la gloire ;

Les voltes, les glissés, les pas provocateurs,

Les gestes agaçants ne sont qu'un accessoire,

Un hors-d'œuvre excitant offert aux amateurs.

Lever, lever la jambe et la lever encore,

Et la lever si bien, qu'un garde, qu'un agent

Soit forcé par pudeur d'arrêter Terpsichore.

C'est là ce qui produit des bravos, de l'argent.

Quant à l'homme, ayant pris au sérieux sa tâche,

Il défie, à mon sens, la plume et le crayon ;

Avec ses mains, ses pieds, divaguant sans relâche

De la même façon, dans le même rayon.

Sa bêtise est si bête, il fait son exercice

Avec un tel sang-froid, et d'instant en instant,

Il s'admire si bien, à l'instar de Narcisse,

Qu'il est phénoménal, immense, exorbitant.

On fait cercle aux entours ; on se pousse, on se hausse.

Heureux les spectateurs placés au premier rang !

Le ragoût est si fin, si piquante est la sauce !

Qui veut de la moutarde ? Aimez-vous le hareng ?

XV

A la première vue on reconnaît d'emblée

Que le corps des gandins, nombreux et séduisant,

Forme plus des trois quarts de la noble assemblée

Qui prête aux ronds de jambe un œil si complaisant,

Restent les étrangers, les faiseurs de chronique,

Les pompiers de service et les municipaux,

Les maris échappés, la gent macaronique,

Les oiselets venus au doux bruit des appeaux,

Les passants tout à coup surpris par une averse,

Les ennuyés aimant à bâiller en commun,

Quelques joyeux coureurs de chemins de traverse,

Quelques tendres agneaux et quelques loups à jeun.

Plaignons ces malheureux; fatal, irrévocable,

Le Destin l'a voulu. Quant à nos bien coiffés,

On ne saurait jamais être assez implacable

Contre leurs sales goûts, à bas prix tarifés.

S'ils ne venaient encore, à chacun sa folie,

Que pour se pâmer d'aise au moment le plus beau,

Quand pour le grand écart la salle multiplie

Ses battements de main à s'arracher la peau.

Si, contents de pouvoir approcher les déesses,

D'être appelés mon chien, mon bibi, mon chaton,

De porter leurs burnous, de ramasser leurs tresses,

De garder un bouquet, un sac, un mirliton,

Ils ne faisaient qu'aider les gens du vestiaire

Et remplir à souhait le métier de laquais;

Si même, de la claque, utile auxiliaire,

Ils n'ambitionnaient qu'une prime au rabais ;

Ils seraient seulement ce qu'ils ont le droit d'être,

Et je m'arrêterais pour ne pas répéter ;

Mais les drôles gratis ont coutume de paître

Dans les champs de l'amour et cherchent à brouter.

— Oh ! a devient malpropre !

                     — On veut avoir des femmes

Belles, c'est peu de chose ; aimantes, ce n'est rien ;

De l'esprit, inutile ; à ces sortes de flammes

S'échauffer est vulgaire et sent le faubourien.

On peut se compromettre et pour des bagatelles :

Il faut des sentiments un peu plus relevés.

De la moire à grands flots, des volants de dentelles,

Couvrant n'importe quoi, pourvu que les pavés

Soient dûment balayés, c'est cela qui vous pose

Au bois, chez Tortoni, ce qu'on doit acquérir

A tout prix, et montrer comme son bien, sa chose,

Sous peine de se voir promptement amoindrir.

XVI

Ce luxe, par malheur, a sa dure exigence ;

La toilette est coûteuse, et puis l'appartement

Est en raison directe, à moins de négligence,

Et semblable défaut existe rarement.

Et quel sera le prix d'une bonne fortune

Ayant victoria, coupé, chevaux anglais,

Maison sur un grand pied ?... y penser importune :

N'avoir pas un taudis et rêver un palais ;

Dans sa poche sentir une demi-pistole

Et désirer se faire un bouquet de ces fleurs

Qu'arrosent chaque jour les ondes du Pactole

Et qui n'ont autrement ni parfums, ni couleurs.

Comment faire ?... Gusman ne connaît point d'obstacle.

Ces dames ont besoin d'un ami complaisant

Pour monter sûrement la pièce à grand spectacle

Qui donnera bientôt un profit suffisant ;

Il leur manque un courtier dont la voix éloquente
Célèbre leur beauté, discute leur valeur,
Glisse à l'occasion leur adresse, et fréquente
Les endroits giboyeux, aimés du racoleur ;
Dans une heure d'ennui, se forme en elles-mêmes
La honte du mépris que leur prodigue l'or,
Elles veulent trouver dans ces figures blêmes
Quelque chose ou quelqu'un de plus ignoble encor.
Voilà ! c'est le moment d'obtenir une entrée ;
Voilà ! vite la clef de ce charmant boudoir ;
Je serai si gentil ; regardez ma livrée,
Je plais à tout le monde en faisant le trottoir.

XVII

— Arrêtons-nous ici, je renonce à poursuivre
Les gestes et les faits d'un semblable vilain,
J'en aurais la nausée.
                            — Il appelle ça vivre,

Et s'étonnerait fort d'encourir un dédain.

Celui qui ne prend rien qu'un reste de caresses,

Qui sait se contenter d'user le mobilier

Sans réclamer sa part des gains de ses maîtresses,

Présente même un cas rare et particulier.

— Si nous nous en allions.

                    — Je vais clore l'histoire.

— Moi, je prendrais cela pour ma péroraison.

Le dîner nous attend.

                  — A mon réquisitoire....

— Il est temps d'adapter une terminaison.

Je l'ai voulu, c'est vrai ; maintenant je déclare

Que je suis satisfait, convaincu.

                      — Par la faim.

— Mon estomac s'insurge !

                    — Après vous je m'amarre,

Je ne vous laisse pas, vous entendrez la fin.

— Je cède en protestant contre un abus de force,

Mais je me vengerai.

                  — Sur le rôti : tant mieux.

— De grâce, dépêchez.

                    — Pour avoir une entorse ?

— Oh !

— Ne vous fâchez pas.

— Vous êtes ennuyeux.

XVIII

— Comme aux pauvres Phrynés qu'il imite et jalouse,

La fatigue survient tôt ou tard au gandin.

De courir une dot, de chasser à l'épouse

L'heure sonne, taïaut ! gare le citadin.

Sans la moindre vergogne au sein de la famille

Il saura pénétrer, il est insidieux ;

Pour avoir son argent il volera la fille.

C'est un crime, il est vrai, c'est horrible, odieux.

Qu'importe, si le tour a bonne réussite,

Le cas n'est pas prévu par le Code pénal,

Et le fieffé gredin tout haut se félicite

De terminer ses coups par un si beau final.

XIX

— Garçon !

— Voilà, monsieur.

— Payez-vous.

— Dix à rendre

Sur cent.

— Conservez tout. Je me sauve, bonsoir !

— Quelles brusques façons ! voulez-vous bien attendre.

— Peut-être faudra-t-il encore me rasseoir ?

XX

— Il part..... il est parti sans retourner la tête...
Il m'abandonne..... Non ! la pitié l'a saisi,

Il revient. L'amitié fait droit à ma requête...
Soyez béni, mon Dieu !

— Ma vengeance a choisi.
— Allez-vous, sans remords, mettre dans mon potage
Un kilo d'arsenic ?

— Ce serait vous aimer.
— Merci !

— Je me souviens de votre radotage...
— Eh bien !

— Je le ferai...

— Juste ciel !

— Imprimer.

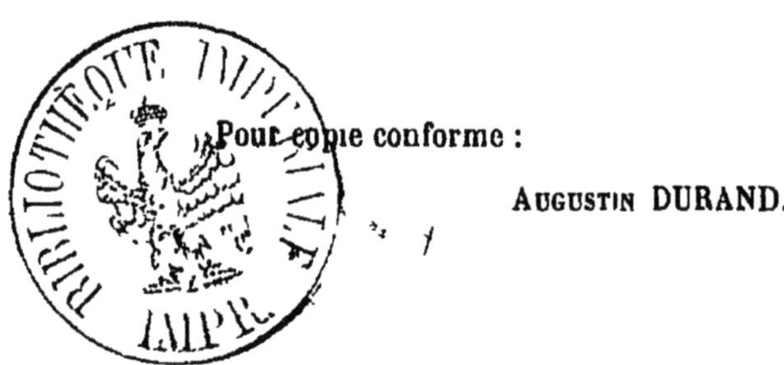

Pour copie conforme :

Augustin DURAND.

FIN.

www.ingramcontent.com/pod-product-compliance
Ingram Content Group UK Ltd.
Pitfield, Milton Keynes, MK11 3LW, UK
UKHW020128080726
13614UKWH00005B/2097

9 782019 251949